U0057620

AQUARIUS

AQUARIUS

AQUARIUS

AQUARIUS

每個人心中都有一座島嶼，
藉文字呼息而靜謐，
Island，我們心靈的岸。

消失打看

目次

愛情，什麼時候會消失？
什麼樣的愛情，不會消失？
消失的愛情，又去了哪裡？
在愛情消失前，讓我們再愛一次……

Preludes
Super H

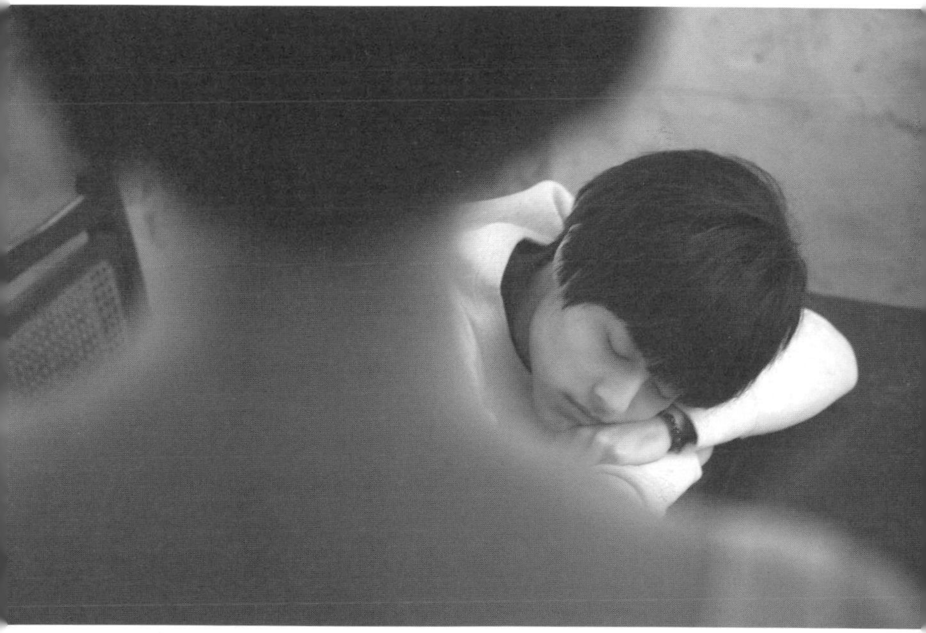

Chapter 1

Dog，你離開的那一天，我躺在房間的地板上望著四周，空氣稀薄得讓我無法呼吸，眼前白茫茫的什麼也看不清楚，好像這屋子裡的所有東西，一下子都不認識我了一樣。當然，我也不認識他們。

日子變得好陌生。

然後我想，也許這一切，都是從蜜蜂消失開始的。

Dog，你知道嗎？地球上的蜜蜂大量消失了耶，奇怪的是我們找不到蜜蜂的屍體，連一隻都找不到，什麼也找不到。

而孤單的蜂巢裡，只剩下奄奄一息的幼蟲，牠們只能等著死掉……

有人說是因為地球暖化，有人說是基因改造，大家都在猜測。

但科學家最新研究的結果，卻是手機產生的輻射混亂了蜜蜂飛行的磁場，可憐的蜜蜂們找不到回家的方向……

所以所以，Dog，你知道這代表什麼嗎？
代表蜜蜂並不是消失了，而是迷路了。
牠們只是找不到回家的路。
所以我想，你其實並不是離開了。
Dog，我相信喔，你不是「離開」我，而是和蜜蜂一樣「消失」了。

那些無所不在的消失。
那些無所不在的不在。

只要蜜蜂找到回家的路，你就會再度出現在我眼前。
只要那些消失能回來……

你就不會消失。

Vicky（求求你不要消失）

「如果百分之百的愛一個人，是不是愛情就不會消失？」

「God說，世界上沒有百分之百的愛情。」

這是她第一次和網路上的朋友見面。

說是朋友也不太精確，但她找不出其他詞彙來形容這種關係，星座血型喜好甚至連長相也不清楚，簡直像是對不起這個稱呼一般。但她想，又有什麼關係呢？有時候用手去明確指認的事物，也不一定完全就是那個模樣啊。

無論如何，這是能找到Dog的唯一機會了。

Dog消失之後，她再度來到那個網站：「missing.com/ing」，手指快速敲打著鍵盤，那是她和Dog擁有的地方。「把無所不在的消失留在這裡。」她記得Dog曾那樣說過，這裡是他的網站迷宮。

可是連 Dog 自己也消失了。

「missing.com/ing……」她試著在嘴裡拼出那幾個字母，感覺聲音在嘴唇裡一塊塊碎裂開來，已經跟以前不一樣了。即使明明是同樣的字母與發音，以前也唸過好多次，但是她就是無法抓到那感覺，只是清楚知道不一樣了，就像站在冰櫃面前遲遲不打開那道門一樣，光是隔著玻璃這樣看就知道不是，連伸手去摸索翻動都不用，**不一樣就是不一樣**，消失了就是消失。Dog 消失之後，原本的事物在一夜之間，就不再是原本的那個模樣了，一切都必須去重新尋找，去命名。

她花很多時間留在那個網站上，像溺水的人泅泳在黑暗的海裡那樣，嘩啦嘩啦的拍打著水面，大部分的時候她什麼也不說，只是安靜的看著每一封留言，海裡的魚群張嘴吐著泡泡，好多的帳號在裡面發著光，每個人都在拚命講話，互相交談，你一言我一句的說著，說著那些真實，那些存在，那些消失。

Cheesebaby：沒有人能看見永恆，卻看得見消失。

Playing：人會在瞬間消失，瞬間才是真的好玩的地方！

可樂：如果有一天我們都消失了，要如何才能找得到存在的證明？

存在的證明。

在這個網站上的人，尋找著消失的他們，會知道 Dog 去了哪裡嗎？

他們會不會也能找到消失的 Dog？

她重新抬起頭來望著眼前的擁擠人潮，就算沒有約定好暗號，或是不知道長相也無所謂，只要仔細觀察就可以了。她盯住人群裡的一位男孩，在兩人視線交錯時露出微笑，伸手朝他揮了揮。

男孩往前走來，那是一個容貌非常清秀的男孩子，看起來相當年輕，稍嫌厚重的瀏海垂落在額頭，但並不妨礙視線，兩旁的鬢髮緊緊貼在耳旁，大而黑的眼珠骨碌碌的轉動，望著她彷彿正在考慮第一句話該說些什麼。

「嗨，我是Vicky。」她微笑的先開了口：「Dog的女朋友……」

「妳好，我是可樂。」男孩說出那個早就知道的暱稱。Vicky望著他，網路上的話語一下子完全與眼前這個人連接起來了，她眨眨眼睛。可樂像是要掩飾尷尬般，急忙又開口說話：「為什麼約在這啊？」

如果是這個男孩子的話，一定可以幫她找到Dog的吧。

她不知道自己為什麼會冒出這個想法，完全沒有任何根據，和面前這個叫作可樂的男孩也沒談過幾次話，大多是對上了幾句留言訊息，卻也就這樣擦肩而過了。網站就是這樣，有更多的訊息會把上一條淹沒，然後消失……

望著望著，有時候她忍不住想：要是這些一連串帳號的後面換了一個人，她或許也不會發現吧？只要帳號不會消失，就可以一直存在於這個網站上，那麼不管背後那個人存不存在，好像也就不那麼重要了。

可是Dog不一樣，他不能消失。

她低頭打開包包，拿出 Dog 的照片遞給可樂，帶著一種不抱期望的表情。

「這是 Dog 消失前拍的照片。」她說。

可樂有些苦惱的將照片翻來翻去：「根本看不出來是哪裡啊。」

「是嗎？」這個回答本來就在預料之中了。因此她並不失望，只是想著果然如此啊，默默的收回照片，「那，你知道 Dog 會在哪裡嗎？」

可樂又露出那種苦惱的眼神，搖了搖頭。

「還有誰可能知道嗎？」

「嘿，」可樂說：「Dog 很神，連妳都不知道了，怎麼可能有人知道？」

是這樣子的嗎？她稍微偏著頭想了想，還有誰跟她一樣也在找 Dog？

忽然發現自己好像在談論一個陌生人，而不是戀人。

她忽然感到好疲倦，吞嚥幾下口水，試圖替自己打起精神來。

「那 Cat 你認識嗎？」

「我知道他，可是我不認識……」

「他好像也在找 Dog。」她說。

Cat、Dog？這些到底有什麼關係呢？望著可樂的臉，她感覺自己真的像是走進了一座巨大迷宮，且彷彿偏離她原先的目標越來越遠了。

她忽然有股想放聲尖叫的衝動，這是即使在電台裡工作得再累也沒有發生過的事情，再困倦再疲乏，她還是可以好好跟聽眾講話，算準時間播放下一段音樂，可是現在她卻什麼也做不到。Dog，這到底是怎麼一回事呢？

「喂，可樂。」她覺得自己一定要趕快說點什麼，不然會倒下去的。

「嗯。」

「你覺得，『missing.coming』是一個什麼樣的地方？」

「一個把消失化為存在的地方……」

可樂像是想起了什麼似的，沉默了一下，表情彷彿正面對著一整片樹林，回音沙沙的跟著腳步踩在落葉上，四周除了這些細微的聲響外什麼也沒有，簡直就像要走到什麼地方去，不再回來了那樣。

然後他開口繼續說話。

「那是 Dog 說的，」可樂瞇著眼睛，用著搖搖晃晃的聲音說下去：「我只是覺得，每個人一定都有一些重要的東西不見了，然後……該怎麼說呢？我們必須找一個方式讓那些東西好像存在著，或是，證明它存在過……」

但那是相當困難的呢。她猶豫著沒把這句話說出口，仍是保持著鼓勵的微笑聆聽，這個男孩是相當努力在說這些話的，雖然描述得有些混亂，但是她知道可樂心裡是很清楚那是什麼的。

她想起可樂在網站上留下的那一條訊息：「如果有一天我們都消失了，要如何才能找得到存在的證明？」

她的預感沒有錯，這個男孩子一定可以幫她找到 Dog。

「這是 Dog 留下的，」她再度打開包包，從裡面拿出一張磁片遞給可樂：「可以幫忙讀出裡面是什麼嗎？」

「這是 386、486 年代的耶！」可樂露出驚訝的表情，將磁片翻來覆去的打量：「能讀這種磁片的電腦早就淘汰了吧！」

沒辦法嗎？像是察覺了她的沉默與失望似的，可樂偏了偏肩膀取下背包，從裡面取出一本厚厚的繪圖本，翻了幾頁後遞給她，攤開的那頁正是他所說的舊式電腦，用鉛筆細細勾勒著，雖然輪廓跟深淺都不太清楚，筆觸卻很細緻。

「就是這個。」

「這是你畫的嗎？」

「是啊，已經消失很久了。」可樂嘴裡咕噥著：「他怎麼還會有這種東西？」

「已經消失了，你還畫得出來？」

「我亂畫的啦！」可樂不好意思的笑笑。

那是一本非常溫柔的繪圖本，當她事後再度回想起來，就覺得那簡直就是一個藏寶盒，一個時光膠囊，把所有消失的那些全都溫柔的收攏起來，充滿了天真的孩子氣，她其實不明白可樂為什麼要這麼做，只知道或許他也不希望「消失」，才把那些一樣一樣的排列整齊，擺放在最恰巧的位置，用他的方式。

那麼，Dog 也會在裡面嗎？在那些消失的迷宮裡，可樂會不會在哪個轉角就遇見 Dog 了？在那些無所不在的消失裡。

求求你。

Vicky 聽見自己的聲音。

即使已經在心裡說過了許多次，但她仍然要再說一次。

求求你幫我找 Dog。

求求你，不要讓他消失。

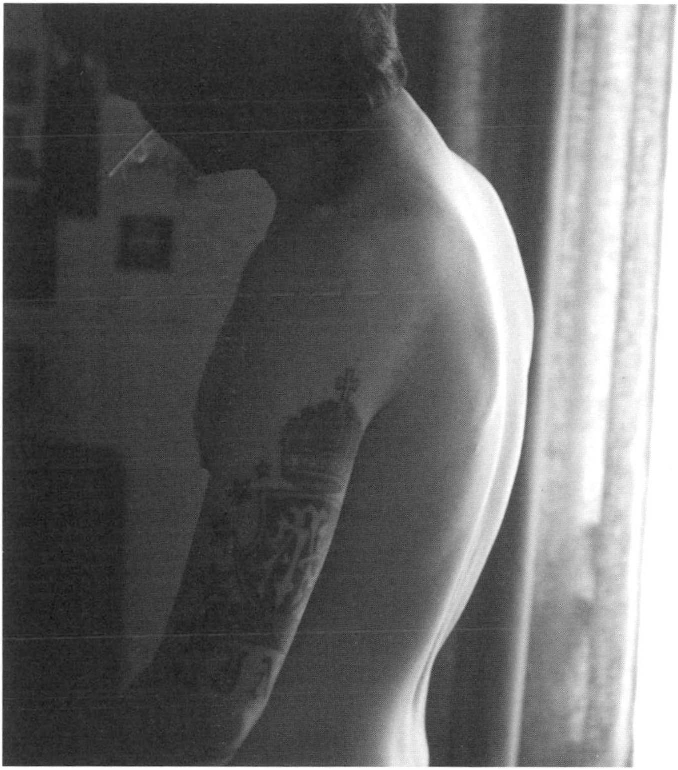

Chapter 2

我擁有一本「消失」的素描本。

老實說，如果有人問我為什麼要這麼做，我自己也不太清楚，只是覺得不能讓他們消失，那些正在慢慢消失的東西越來越多，這不是一件很可怕的事情嗎？

更可怕的是，我們都覺得理所當然，甚至慢慢習慣這個消失。

但這也是沒有辦法的事情。

所以我想啊，在那些東西消失之前，要是可以將他們全部收藏起來就好了。

我要把消失畫下來，這就是我找到的方式。
很奇妙喔，當我開始這麼做的時候，心情就不可思議的平靜下來了。
而且一定要用畫的喔，光是拍照沒有用的，按下快門啪嚓啪嚓也太簡單了一點，既然是要收藏，總得要付出些什麼吧！
一筆一畫，在紙上慢慢塗鴉的時候，就有一種時間正彎腰俯看我的感覺，像是可以為我溫柔的停留久一點，慢一點。讓我好好把它們畫下來。
拆除了的眷村、舊型電腦、唱片CD、溫蒂漢堡、雜貨店……

那些已經消失的。
那些正在消失的。
我把它們畫下來，這樣就不會忘記了。
Money說，它們都該被記住。

這樣就算有一天，真的從地球上消失了也沒關係，因為那些「消失」都被我留在這裡面了，在這個素描本裡。

所以那些消失的「消失」，對我來說，就一點意義也沒有了。

那並不是真的消失。

要是愛情也能這樣，就好了。

可樂（消失進行中）

直到現在，他還是可以輕易記起他們第一次見面的那個場景。

那天的天氣非常美好，陽光亮燦燦的灑下來，簡直像是剛好遇上了特價大拍賣那樣，草地綠得令人眼睛發痛，彷彿像是被水洗過一遍似的，還閃著露珠。

可樂喘了喘氣，試圖讓自己呼吸平穩後，才慢慢轉過頭來。

刺客就站在那裡。

他有些發愣，好一陣子才明白過來，呆呆的看著眼前的男孩左搖右晃，最後砰的一聲倒在他身邊的草地上，喘息聲蔓延在空氣裡。

可樂也往後倒下，草地濕潤而溫暖，還泛著好聞的氣息，他聽著刺客止不住的喘息聲，忍不住轉頭過去偷看，恰恰對上刺客也往右轉的視線。

可樂看著看著，忍不住笑了。刺客也終於露出卸下防備的表情跟著笑了起來，聲音淺淺的迴盪在草地上，聽起來彷彿也特別快樂。

「嘿，」可樂開口，試著這麼說：「這是我們在現實中第一次碰面吧？」

「你確定，這裡是真實的世界？」刺客瞇起眼睛說。

「只要水平線消失就能飛翔。」可樂以彷彿背誦課文的語氣專注的唸著：「這是你說過的話，沒錯吧。」

「是啊。」

「畢達哥拉斯說，地球是圓的，所以地表是歪斜的？」

「如果可以，我還想要更快，讓身體更傾斜。」刺客說。

「那如果傾斜到九十度呢？」

「你會看到一台機車飛到天空上。」

「酷，那就乾脆飛到宇宙去吧！」

「哈哈，那我就證明了……」刺客轉過頭來望著可樂：「地球是圓的！」

可樂忍不住大聲的笑起來，沒有什麼來由，就是覺得莫名的好笑，不知道是因為這句話，還是因為是從刺客嘴裡説出來的。

他捧著肚子在草地上滾了幾圈，刺客也跟著一起笑了出來。

「下次啊，我也想飛去宇宙。」

「很好。」

可樂從草地上爬起來，望著刺客：「你好，我是可樂。」

「我知道。」

刺客看了看他，也從草地上爬起來：「我是刺客，初次見面，你好。」

「需要握手嗎？」

「也太噁心了吧！」

「這樣，我們就都來到現實了。」可樂説。

他其實不太了解刺客。

要不是因為「missing.com/ing」，他們也不會認識。刺客穿耳洞，飆車，還留了小鬍子，看起來就是電視上那種最流行最時尚的男生，不講話時感覺很兇，跟他這個「宅男」簡直差了十萬八千里，可樂平常根本不會主動和這種人說話。

他只知道一件事，就是他們都在尋找「消失」。

那些消失的東西。

「這些可以嗎？」可樂將背包裡的東西一股腦全倒出來。

「還不賴。」

刺客盤腿坐在草地上，隨手攤開可樂的素描本翻閱，每一頁都有淺淺的鉛筆素描，可樂見他在看便停下手邊動作，想起之前刺客曾經問過他有關眷村的話題，便指向其中一頁。

那頁畫的是一個老舊的眷村。

「我說的就是這裡……」可樂說：「以前是一個眷村，後來拆掉了。」

「都不見了，你還畫得出來？」

「我亂畫的啦。」可樂不好意思的笑笑。

刺客往前翻了翻，最後還是又翻回眷村那一頁，在可樂還來不及反應之前，快手快腳的撕了下來。

「我要。」

「你都撕了，我也不能說不要。」可樂說。

那就是刺客。

他其實不明白刺客為什麼有時走路會搖搖晃晃，也不明白他為什麼會出現在網站上，更對刺客說的一些話似懂非懂。

但這些都沒關係。

可樂想，他根本不在意那些，那些都只是外表上的不一樣，是某種內心的東西讓他們見面的，雖然他自己也說不上來那是什麼。

但Money，則又是另外一種樣子了。

Money其實不是Money，在網站上的名字叫作Cheesebaby，但那其實也不太重要，就跟外表一樣不重要，重點是站在可樂眼前的時候，她叫作Money。

可樂無法精準描述他第一眼見到Money的感覺，他能用的詞彙實在是太少了。Money朝他走過來，簡單說了聲：「嗨！」聲音清脆而歡快，就和她整個人一樣。

他無法移開自己的目光。

Money留著一頭短而薄的俏麗短髮，脖子上掛著一副大耳機，後來可樂才知道那是她的習慣，在網站上看留言時只覺得她是一個古怪的女孩，老是說一些無厘頭的話，但當這個人離開網路往前走過來時，可樂頓時覺得那些特質彷彿有了意義，在Money身上發著光。

自然，他也無法忽略Money伸手挽住刺客的動作。

那天回去之後，可樂發現他的房間也消失了。

兩個被稱作「表妹」的生物硬是冒出來，沒有多做解釋的就搶走他的房間。到底在搞什麼東西啊！就算長得可愛也不能這樣啊。可樂試圖想表達點意見，卻被父親一句：「趁這時候多念點書，不要整天躲在房間裡。」的話打回票。

可惡。

Poki 和 Taffy，她們是從外星球來的生物嗎？

由於這兩個傢伙遲遲不肯讓他進去，沒有別的辦法，可樂只好把電腦拆裝到飯廳去，畢竟生活裡沒有電腦可不行，反正從今以後大概就得勉強睡客廳了，習慣了好像也還可以接受，就在那邊上起網來。

連上網路之後，他忍不住鍵入了「Cheesebaby」的關鍵字，按下搜尋，專注的讀了幾行 Money 的留言，他清楚知道這不過是第一次見面，卻覺得無比的想念。

他再和 Money 見到面的時候，是他們約在大賣場的那天。

「Cheesebaby。」可樂看見 Money 朝他走來，依然戴著那副大耳機。

「叫 Money 就好了。」

大賣場的空氣稀薄而冰冷，可樂不禁覺得有些鼻頭發癢，Money 彷彿毫不在意的在貨架走道間左右閒逛著，可樂想開口說話卻又不知該說些什麼，只好跟在她後面往貨架中鑽。

「妳在幹嘛？」

「噓！」

Money像是找到了什麼，轉過頭來一臉興奮，差點撞上可樂的鼻子。

可樂深深倒吸了一口氣。

「我在解救這個小蜜蜂！你知道蜜蜂就快絕種了。」Money彷佛絲毫不在意剛剛發生了什麼，朝可樂秀出她剛剛找到的一顆小螺絲。

蜜蜂？可是這是螺絲啊？可樂其實搞不太清楚這是什麼意思。

Money望了望可樂，將耳機從耳朵上拿下來，可樂聽見輕微的搖滾樂還在不停播放著，雖然不是很清楚。

「嘿，」Money微微側著頭說：「如果蜜蜂要是消失，沒人傳播花粉，花粉沒人傳播就不能開花結果，食物鏈就壞了，愛因斯坦說——」

「我知道！四年後人類就消失了。」可樂忍不住說。

Money朝他露出可愛的微笑，繼續去尋找下一顆螺絲，可樂此時才意會過來，這種小螺絲似乎也快要消失了，那就真的也是「蜜蜂」的一種了。

「刺客沒跟你一起來嗎？」

「基本上，這裡的時間比他的時間快了一小時零八分又四十五秒！」

Money轉轉眼睛，低頭瞄一眼手錶。

「原則上，大約半個夸克光年後，他就會出現了，不過兩個人一起等的話，時間應該可以過得快一點吧，也許四分之一個夸克光年就夠了……」

可樂看看Money，很奇妙的，他彷彿能夠理解她的無厘頭發言，他從背包裡掏出那本素描簿翻開，遞給她。

「妳知道嗎？」可樂試著說：「這裡，以前這裡還有這個紅髮女孩。」

Money彷彿很專心似的，注視著可樂素描本上畫的溫蒂漢堡。

「但是快要消失了，像這些也是。」可樂轉頭望著貨架上的CD：「像這些CD也很少人會去買了，很快也都會不見。」

「可是它們都被你留在這裡面了喔。」Money指指素描簿。

「我把它們畫下來，這樣就不會忘記了。」

「對！它們都該被記住，除非，有一天我們被洗腦……」

忽然從後面發出好大一聲巨響，簡直像是被Money這句話召喚而來的，可樂急忙往後望去，看見刺客正倒在一堆雜亂的商品中間，掙扎著想要站起來。Money趕緊過去將他扶起來。

「等很久了嗎？」刺客看看可樂，又看看Money。

「不會啊，兩個人一起等，時間就加速到你的四分之一了。」Money回答，順勢將腦袋用力栽進刺客的胸膛中。

那天晚上，可樂做了一個有Money的夢。

他看見自己正畫著那顆螺絲，畫著一圈又一圈的螺絲迴紋，在眼前交錯纏繞，彷彿快要把他整個人吸進去。

可樂有些恍惚，手上那顆小螺絲不斷不斷轉動，他忍不住湊近洞口去窺看，看見Money就站在那中央，歪歪頭轉了過來，模樣還是那麼好看。

「你看著我幹嘛？」

「沒有啊……」

Money的眼睛又大又漂亮，可樂有些心跳加速，急忙把頭別過去。

「為什麼要收集那麼多螺絲？」

「修理壞掉的東西啊，嘿，你來一下！」

可樂順從的走了過去，把身體靠近Money。

她撥弄著手上的螺絲，當成問診的聽筒般在可樂胸膛上遊走著，像醫生那樣東敲敲西碰碰，可樂的臉頓時像火燒般通紅，難以呼吸。

「嗯……心臟的位置在這裡對吧？」

Money自言自語的說，將可樂的身體輕柔的轉了個面，將螺絲貼緊耳朵，就那樣靠在可樂的背上細細聽著。

「喔……你的心掉了一顆螺絲，只要找到它，再把它栓緊，就可以康復。」

「要是找不到的話呢？」可樂輕聲問著，不敢呼吸得太大力。

「大概整顆心就會散掉，人也會慢慢消失，最後完全不見了……」

可樂張開眼睛。

他聽見鬧鐘不斷的響著，而自己還趴在桌上。

門外聽得見 Poki 和 Taffy 的吵鬧聲，他一時不知自己身在何處。雜亂的桌上放著那本素描簿，可樂試圖想讓自己從夢境中清醒，低頭發現那枚螺絲還握在自己手裡，他這時才想起來，那是昨天分別時，Money 給他的。

「給你喔。」Money 說，一隻手伸到可樂面前。

「以後大家會搶著要。」刺客說。

可樂將螺絲放到桌上，望著自己的那本素描簿，上面歪歪扭扭的畫滿一圈又一圈的螺絲花紋，不停的打轉。

「都被我畫進去了，就不會消失。」他輕聲說。

但他最想畫下來的東西，是 Money 啊。

Cheesebaby：我找到嶽本野薔薇的《missin' 在世界終點的雜貨店》。

51 **Honey PuPu**
Chapter 2 .... 可樂

Chapter 3

畢達哥拉斯說，地球是圓的，所以地表是歪斜的。

事實上，對我來說，連地球也是歪斜的。

我老是撞倒東西，走起路來歪歪扭扭，有的時候看這個世界，視線常常會忽然傾斜一下，天空開始旋轉。

那個時候我就知道：又來了。

醫生說，那是因為我有一隻耳朵幾乎聽不到，所以無法正確的感知世界，才會失去平衡。

但是，真的是這樣的嗎？

是不是因為我無法忍受這個世界，才會失去平衡的呢？

那個時候，Money 問我說：為什麼一直在找那些消失的東西？

我告訴她，我要把那些東西從消失的世界救回來。

可是，這個世界已經消失了太多東西，好像我怎麼做都沒有用，怎麼做都來不及。

就像那時被拆除的大樓，我們重要的家。太多事情我現在已經記不清了，只記得哥哥牽著我的手，我們望著眼前的廢墟一句話也說不出來，只能哭。哭也沒有用。

後來連哥哥都離開我了，他消失了。

再也找不回來。

我開始飆車，越騎越快，越騎越快。

如果可以的話，我還想要更快，讓身體更傾斜，直到飛到天空上去，酷斃了。

如果這世界會不斷出現「消失」的話，那麼就讓水平線消失吧！

只要水平線消失，我就能飛翔……

在刺客快要倒下去之前，Money伸手抱住了他。

伴隨著刺耳的聲響，整個天空好像都在旋轉般歪斜著，刺客一陣耳鳴幾乎跌倒，卻在快要倒至地面前停住了。

他試圖平穩情緒，低頭發現Money正緊緊的抱住他，歪斜的世界又恢復正常，像剛剛那陣天搖地動沒有發生過一樣。

「……我沒事了。」

刺客輕聲說，伸手想將Money推開，但她仍然緊緊抱住不放。

「真的沒事了。」

「再讓我抱一下，」Money搖搖頭：「一下下就好……我想記得這個感覺。」

刺客不再說話，伸手幫Money將耳機戴上。

Money就那樣保持不動，仍然緊緊抱著他，風輕輕把她的頭髮吹散開來，比什麼都還要溫柔。他仍然安靜著不說一句話，深深的望著Money。

他知道，他還能站在這裡沒有消失的原因，都是因為她。

是 Money 拉住了他。

和刺客他們出去後沒幾天，可樂和 Vicky 見面了。

「不好意思。」可樂看著 Vicky，她的臉很明顯又更加憔悴了：「我去了新的光華商場，但今天繞了大半天，都沒找到。」

「沒關係，謝謝你。」Vicky 疲倦的笑笑。

「我會再想想的。」

「可以請你再幫我一個忙嗎？」

「什麼？」

「你知道 Playing 嗎？」

Playing。

刺客也提過這件事，Vicky 的發問喚醒了可樂的記憶，他馬上想起

missing.com/ing 網站上不斷出現的照片，看得出來是用手機拍下的，因為都相當模糊。

那些都是這個叫作 Playing 的女人上傳的，每一張都是男人，不同的男人張著驚恐的表情，每一張的背景都不一樣，有的在夜店、餐廳、浴室……像是什麼惡作劇的照片般，但每張照片下面都標註了文字，看起來是月日時間之類的編號，還有男子們的暱稱。

「東亮 12170137 消失」

「麥可 12250342 消失」

「Alex 0105002 消失」

可樂曾經因為好奇而仔細研究過，但最後還是因為搞不清楚而放棄了，畢竟只有那些照片當作證據，誰也不知道到底發生了什麼事。

刺客說，那些都是被 Playing 弄死的男人，彷彿炫耀似的張貼在網站上供大家觀看，像是某種戰利品。「死了就消失啦！」可樂愣愣的聽著，這是真的嗎？

面對他的疑問，刺客只冷冷的丟下一句話：「有什麼事不可能。」

一個人會這麼輕易就消失？可樂看著眼前的Vicky，好像也不得不相信這句話了，雖然他並不知道Playing為什麼要這麼做。

「詭異的女生。」可樂忍不住脫口而出。

「她一定和Dog的消失有關。」Vicky抬起頭，定定的望著可樂。

「不會吧，」可樂趕忙說：「那些應該只是無聊PO的吧……」

「可以幫我找找看這個人嗎？」

「有難度……」可樂嘆了一口氣，他就知道Vicky會這麼說，傷腦筋啊，事到如今也不可能就這樣抽身而退。

他把這件事情告訴Money，畢竟這已經不是靠他一個人的力量就可以完成的了。再說，他們也是經由 missing.com/ing 這個網站認識的，好像也應該讓他們知道，不管是 Money 還是刺客，那裡對他們來說還是重要的地方，如果 Dog 消失了，網站會不會哪一天也跟著消失？

他們站在一座隧道的出口等著刺客，隧道像隻張開大嘴的怪獸靜靜佇立著，四周一片荒涼，可樂有點疲倦的低頭畫著鐵軌線，Money 走在粉筆畫成的鐵軌上，可樂往哪畫她就往哪走，模樣看起來還是那麼可愛。

沒多久刺客就來了，不知道先前去了哪裡，模樣一臉疲憊。可樂簡單的告訴他關於 Playing 的事，但刺客卻彷彿對這件事很不熱衷似的，逕自往隧道的方向走。隧道外露出一部分的鐵軌，正好和可樂的粉筆鐵軌線接在一起，可樂探頭往隧道裡望去，是一大片濃得化不開的黑暗。

「好黑喔……好像進去就出不來了。」可樂的音調緩慢。

「你怕？」刺客望望可樂，眼中滑過一絲惡作劇的笑容，可樂回過頭來，看見刺客滿臉的挑釁：「敢不敢跟我比賽？」

「比什麼？」

刺客抬起手，做了個空轉把手的動作，可樂隨即會意過來。還在猶豫刺客就轉身走回停機車的地方，絲毫不理會一旁Money擔心的眼神，「看誰先騎回來！」刺客說，和他的車相比，一旁可樂的車顯得溫馴無比。

他不知道自己為什麼忽然要和可樂比賽，也許是因為剛剛看到可樂和Money親密的靠在一起，偶爾還發出嬉笑聲，不知道在交談什麼，但他們的對話卻在自己出現的時候瞬間停頓下來，像什麼事也沒發生。望著可樂溫吞的表情，他感覺身體裡有股說不上來的氣，隱隱在翻滾。

那就騎車吧！他要越騎越快，把一切都拋在腦後！刺客一個漂亮的動作，飛身跨上機車，催緊油門，斜眼瞄了瞄還在笨拙牽車的可樂。

「贏的人可以要求對方做一件事。」

可樂沒來得及理會這句話，一發動油門就急忙往前衝，刺客故意停了幾秒，待可樂衝進隧道之後自己才跟著衝進去，消失在一片黑暗之中。

風冰涼的拍打在他臉上，進入隧道的當下好像進入另一個世界，他什麼也聽不清楚，只是不斷的往前騎，黑暗甜蜜而溫柔的朝他迎面而來，刺客握緊了手把，稍微瞄了一下後照鏡，一個亮光還在左後方忽隱忽現，與他保持著一小段距離，那是可樂的車燈，雖然起步時故意讓了幾秒，但他還是一下就超前了，這是刺客的把握與傲氣，他偷偷吁了口氣，原本緊繃的思緒也頓時鬆懈下來。

這條隧道究竟有多長呢？是不是再往前一點就是出口了？刺客想著，太過濃重的黑暗讓他分不清，只能不斷往前，忽然看見一小道球形亮光出現在前方，他不假思索的往那直衝而去。

風吹得越來越快，越來越急。

刺客看見眼前的黑暗好像翻了幾翻，他要往哪裡去？

亮光照射進來，刺客驚訝的望著前方兩個男孩的背影，一高一矮緊緊靠在一起，他們都背對著他，專注的盯著面前正在被拆除的建築物。

「這裡是……」

刺客幾乎無法移開自己的目光，他又回到那個再熟悉不過的場景，他看見自己和哥哥緊緊靠在一起，眼神充滿無助與恐懼，抬頭望著老家慢慢一吋吋消失，屋瓦、牆壁、柱子……他們什麼也不能做，一點辦法也沒有。

「我不要……」他聽見自己哭泣的聲音。

「不要哭了……」那是哥哥，刺客看著不過只比他高出一個頭的哥哥，正在安慰哭泣的自己，那個無法面對消失的自己……

可是，哥哥呢，哥哥去哪裡了？

「砰！」

刺客猛地張開眼睛，整個黑暗倒轉過來，眼前的地面歪斜，他聽見自己的機車發出刺耳的聲音，急忙煞車，卻還是打滑了往前翻覆。刺客跌倒在地，看見可樂的車燈呼嘯而過，朝前方的光亮處衝去，他忽然分不清究竟是自己摔倒了，還是眼前的世界歪斜了。

「我輸了嗎……」

刺客緩慢的把車騎出隧道，先抵達的可樂臉上沒有開心神情，反而有些擔心的回頭看著他，滿臉緊張的 Money 往他身邊跑去，看見機車上有些許傷痕，咬住下唇問他：「怎麼了？」

「沒事。」他不想讓 Money 想太多，簡單幾句便帶過，轉頭望著可樂，刻意讓表情冷淡：「說吧，你要我做什麼？」

可樂這時才想起他們還有個賭局。

「那……」可樂看看刺客又看看 Money，一時腦袋打結了：「幫我找 Playing……」

「就這麼辦。」

Money 看看可樂，又看看刺客，伸手就是一掌。

「你們有病啊！」到底在搞什麼東西啊！她氣呼呼的想，就算可樂不要求，他們也會幫忙的啊，何必來個什麼賭局？

「知不知道 Dog 會在哪裡？」等可樂他們離開了，Money 才問出這個問題。

出了隧道，兩人才剛把車牽到機車行，忙著修車的刺客停頓了一下，沒馬上回答。

「……Dog 消失是註定的，跟 Cat 一樣，沒什麼好說的。」

刺客淡淡的說，手裡修車的動作更用力了。

「Cat 消失了，不是變得更好了嗎？」Money 嬌俏一笑。

刺客看了她一眼：「……好像是。」

Money 的笑意仍然維持在嘴角，踮起腳尖，彎身靠近刺客耳朵輕聲說：

「I love you！」

他知道，是 Money 救了自己。

在哥哥消失之後，在他自己無法控制自己，也快要消失的時候，是 Money 靠著一隻小「蜜蜂」救了他。

如果不是她，刺客或許就不會出現了……

Chapter 4

你也想被我記得嗎？我教你一個方法。

有看到這個螺絲嗎？對，就是我現在掌心上的這個……
告訴你一個祕密，它其實不是螺絲，是蜜蜂。
是這個世界裡的一隻小蜜蜂。

不只是它而已，這個世界有好多東西都是蜜蜂喔，例如說Tower啦、CD唱片啦、溫蒂漢堡啦、眷村啦，當然還有我家達達的雜貨店。
可是，它們都快要消失了。
你知道嗎？愛因斯坦曾經說過：「如果蜜蜂從世界上消失了，人類將只剩下四年的光陰。」

消失是末日的前兆！當這些蜜蜂都消失的時候，世界就要毀滅了。

所以我每天都掛著耳機，偶爾痛快的用力打鼓，努力的想要習慣聽音樂，重金屬的更好，那種很大聲砰砰砰的，因為世界要毀滅啦！告訴你喔，末日以後的地球可能會是一片死寂。

什麼都會消失。

那愛情呢？

我想，愛情需要被記得。記得你喜歡的人，記得他的樣子、記得他的聲音、記得他的味道、記得他的觸感……

還有，記得你愛著他。

那麼，如果你不想消失，想永永遠遠被我記得的話。

就寫下你的名字，交給我。

我就會完完全全的，記得你了。

Money（讓我們暫時消失）

那天 Cat 哭了。

她什麼話也沒有說，只是站在旁邊安靜的看著他，看著他在那裡一邊哭，一邊亂捶牆壁砸破窗戶，瘋狂破壞所有他看得見的東西。

雖然這裡的一切早就被破壞光了，廢墟再怎麼破壞也都還是廢墟。

直到他把袋子裡的舊東西也倒出來準備打壞時，她才趕忙開口阻止：「它們已經夠可憐了，為什麼這麼討厭它們？」

Cat 抬起頭來，眼睛又紅又腫。

Money 心疼的望著他，朝他攤開掌心，一顆小螺絲安靜的躺在上面。

Cat 毫不領情的揮手撥開，仍是一臉瘋狂像隻野獸：「妳不懂的。」

「我知道……」Money 仍然直視著他：「你真正討厭的是你自己吧？」

「……」

「把你的名字寫下來送給我吧！」Money 掏掏口袋，拿出另一顆螺絲，露出溫柔的表情：「這樣，讓我能百分之百的記著你。」

Cat望著她，彷彿一隻逐漸軟化下來的貓，不再張牙舞爪了。伸手接過Money遞過來的紙條，慢慢寫上名字後交還給她。

Money望著Cat輕輕的笑了，接過紙條後用螺絲鎖上。

「很好，從今天起，你最討厭的那個自己已經消失不見了。」Money走近他，彎腰向前貼近他的耳朵：「以後，你就叫……叫刺客好了。」

刺客什麼話也沒說，望進Money彷彿湖水般的眼睛裡，緩緩的點了點頭。

那不是她和Cat的最後一次見面，卻是她和刺客的第一次見面。

Cat變成刺客後，彷彿穩定多了。不像以前無法控制自己的情緒，雖然難免也是有衝動的時候，但沒關係，Money想，她會一直陪著他的。

他們在missing.com/ing裡認識，彷彿兩隻被末日大雨淋濕的動物，在消失的世界裡互相依偎取暖，嬉笑玩鬧，偶爾舔舔傷口便有繼續生活的勇氣。

因為耳朵聽不見的關係，Cat常常無法保持平衡，這種狀況在他變成刺客之後更加明顯了，Money有時候忍不住覺得其實根本不是耳朵的關係，「而是『心』的關係。」她悄聲對自己說，她知道刺客心裡有那麼一個歪斜的黑洞，就像那時拆除倒塌的廢墟一樣，他心裡永遠有那麼一個塌陷下去的地方。

但那也無所謂，就算所有的所有都消失好了，唯獨她不會消失，她會一直陪伴他的，彷彿Cheesebaby就是為此存在的一樣。

有時候她想，或許其實不是她陪伴刺客，而是刺客陪伴她吧。

就像達達陪伴她一樣。

她知道自己一直都是一個，需要陪伴的孩子。

需要愛的女孩子。

Cheesebaby：我找到嶽本野薔薇的《missin'在世界終點的雜貨店》。

「她們是誰？」

那天她帶他們去達達的雜貨店，可樂還帶了他的兩個表妹來，叫作 Poki 和 Taffy，長得有點像外國洋娃娃，睜著又大又圓的眼睛一點兒也不怕生，好可愛的兩個女孩子，任誰都想逗逗她們。

「我表妹啦，我家沒人，所以就帶她們一起來……」可樂有點不好意思的笑笑，回答刺客的詢問。

「今天當保母就對了……」刺客促狹的鬧他。

雜貨店裡有些陰暗，外面的陽光淺淺的透進來，Money 小心踏進店裡，張口深呼吸幾下，還是那個她熟悉的味道，飄散著木頭和廢棄物的氣息，店裡堆滿貨品和食物，老玩具東倒西歪的成箱放在牆角，幾張椅子默默靠著牆壁站立，彷彿一幅沉靜的畫框，時間在這裡停了下來沒有離開。

顧店的是一位中年婦人，Money 看了看她，轉身想要往雜貨店更深處走去。

「妳想找什麼？」可樂望望她。

「找小時候的達達……」Money 繞了一圈又走回原處，滿臉困惑：「每次來這裡都不太一樣……以前被丟在這，都是達達在照顧我的……」

可樂搞不清楚她在說什麼，達達？是玩具嗎？

Money 站在走道上，避開中年婦人好奇的眼光，她想要靠自己的力量找到達達，那個每次都溫柔的照顧她，陪她寫功課的達達呢？

爸媽說，達達已經很老了，雜貨店可能哪天也得要收起來，「所以不要再去那裡了，陳瑪妮，妳也不是小孩子了，對吧！」爸媽這麼說，她聽著，不太理解這句話的意思。是指雜貨店也要消失了嗎？而且為什麼不能再去了，明明以前他們都把她一個人隨便丟在那的……

難道長大了，就有什麼勢必要消失了嗎？

她不知道。

為了找個正大光明的理由把 Playing 約出來，他們絞盡腦汁想了許久，才終於決定要辦一個 KTV 扮裝派對。

這可是有原因的，從網站上張貼的照片來看，Playing 該是個喜歡夜生活與刺激活動的女孩，既然她那麼愛玩，那麼應該會喜歡這種派對吧！

「Playing 真的會來嗎？」可樂一身黑白條紋的罪犯打扮，尷尬的湊近 Money 身邊。Money 一身緊繃的女警制服配上帽子全副武裝，卻遮不住她的好身材，完美曲線讓這身打扮看起來性感無比，讓可樂忍不住有點害羞。

「你問他啊！」

Money 跟著震耳的音樂上下搖擺，伸手指指在她旁邊的刺客。

「老實說我也不知道刺客怎麼和 Playing 約的耶！不過既然都來了 KTV，應該是有約好了吧！放心啦！」

要命，可樂有點無奈，現在音樂這麼大聲也很難講話，更重要的是主角 Vicky 還沒來！可樂想著該出去打個電話給她，門恰巧在這時被推開了。

他抬起頭以為是 Vicky，沒想到卻看見一個金髮辣妹站在門口，身上的女警裝比 Money 的還性感，睫毛又彎又翹，「嗨！」她朝眾人眨眨眼睛，露出燦爛的笑容，大踏步走進包廂。

螢幕裡的音樂還在放，所有人都停下動作愣愣的望著這個不速之客。

金髮辣妹絲毫不以為意，眼神在每個人的臉上逗留幾秒，最後停在刺客身上。接著把眼睛瞇成一道漂亮的弧度，俐落的往他身邊坐過去，動作相當自然，Money 被擠得只好讓出位子。

「你是刺客？」金髮辣妹向刺客露出微笑，一隻手順勢爬上他的肩膀，還不忘拿起遙控器將音樂調得更大聲些，試圖將氣氛炒熱：「怎麼這麼不High 啊？大家繼續啊！來！來！來！」

她就是 Playing 啊。

Money 有點不爽，但為了維持場面還是沒多說些什麼，瞪了刺客一眼，拿起麥克風繼續唱歌。可樂縮在沙發上偷偷打量著她，他一開始還猜想會是個充滿風塵味的傢伙，沒想到卻是這麼精緻甜美的女孩，雖然打扮得誇張了些又上了大濃妝，但仍然擁有一股如精靈般的天然氣質，叫人移不開目光。

包廂門又被打開，這次進來的人是 Vicky。

「Vicky！」可樂朝她招招手，Vicky 有些猶豫的靠近沙發區，可樂伸手指了指：「這就是妳要找的Playing。」
Playing抬起頭，有點疑惑的看看可樂和Vicky，又轉回頭看著刺客，忽然噗哧一笑：「怎麼誰都想要我啊！」
但Vicky沒有笑，她冷冷的望著Playing，以一種堅決的女王姿態開口問話：「共十六個男生消失了，平均每十三天一個人就不見，妳到底做了什麼？」
「我？」Playing睜大眼睛，總算弄清眼前的女人來者不善，也刻意提高音量，氣勢一點也不輸人：「什麼叫我做了什麼，我沒有怎樣啊！我只是跟他們玩遊戲而已，他們自己愛玩，自己要找上我的！真心話大冒險有沒有玩過？輸了就選一樣，看他們要說真心話還是跳樓，很簡單對不對？但是我告訴你們，大多數的男人啊都不敢說真心話，尤其是和……老婆說！」
「所以那些男人……真的有跳嗎？」
「你們說呢？」Playing露出狡黠的神情，眨著好看的睫毛就是不給答案。
「所以那些人都被妳逼著去死了嗎？」Vicky終於忍無可忍。

「不是我！」Playing的聲音拉高，仍然帶著戲謔：「只是跟我發生關係的男人，都自然會得到報應！」

「玩這麼大，妳不怕？」Money不以為然。

「男人遇到我啊，都變成笨蛋。」Playing嘻嘻的笑了起來，打了個哈欠，一臉無所謂的又坐回沙發。

「我不相信。」Vicky仍然冷著一張臉。

Playing不置可否的攤攤手：「不然你們誰要來試試看？」

Vicky不再說話，獨自坐到沙發的另一端去。

音樂又開始播放，她斜眼看見Playing笑鬧著用手銬捉弄刺客，一下子趴在他肩膀，一下又鑽進他胸膛，整個身體簡直都快要壓在他身上了，Vicky煩躁的打開手機，望著裡面Dog的照片開始發愣。

不管這個叫作Playing的女孩子到底要幹嘛，到底有沒有逼死那些男人，彷彿某種預感降臨，她覺得Dog應該不在那些笨蛋男人之中，況且Playing並不是他喜歡的型。再說，以Playing這種愛嚷嚷的個性，要是Dog真的被她逼死了，她一定又會上傳照片到網站上，大肆宣揚一番。

那麼 Dog 究竟去了哪裡？明白他與 Playing 無關之後，Vicky 卻一點也開心不起來，因為這只代表一件事，那就是她又失去微弱的線索，重新掉進迷霧裡了。

Dog，你到底在哪裡？

頓時所有的聲音都消失了，包廂陷入彷彿世界末日般的寂靜，雨一點一滴緩慢降下，Vicky 輕輕閉上眼睛。

Chapter 5

Vicky，妳說的都沒錯。

妳說，我們以前只需要看對方一眼，就知道彼此內心在想什麼，連一句話都不用說，只要專心凝視彼此就好，照這樣來看，也許我們真的是很有默契吧。

但，妳真的有認真聽我說話過嗎？

不管我說什麼妳都不在意，不相信，妳只選擇妳自己想聽的，選擇滿足妳自己的幻想，妳有沒有發現，妳愛的根本不是我？而是妳幻想中的那個樣子。

我想要重新開始。

再也沒有比那一天更好的時候了，再幾個小時就要跨過今年，月曆被撕下最後一張，我們即將來到一個嶄新的日子，整個島嶼都在慶祝這個瞬間，我們也每年都一起慶祝的，紅酒和燭光搖曳，客廳的那個窗戶望出去就可以看見一〇一，我們十指交扣，甜蜜微笑，準備許下新的希望。

可是Vicky，我這次不行了。

我沒有辦法再過妳幻想的人生，再做妳幻想中的那個人。

Vicky，此刻我正坐在病床前看著妳，妳剛剛才吞完一整瓶安眠藥，時間重新歸零，在煙火華麗盛放的那個當下，我們來到這裡。

妳的雙眼緊閉，臉色慘白，眉間帶著重重的憂傷，我不敢去想那是不是我的原因，即使妳的確是因為我說要離開才這麼做的，怎麼會這樣呢？

我們，怎麼會變成這樣呢？

妳的側臉還是那麼好看，仍然像極我當初愛上妳的那個模樣。

但有什麼消失了。

我有沒有跟妳說過廢墟的故事？

那個時候我才十二歲，弟弟五歲，都只是還不懂事的小孩子，但我們眼睜睜的看著老家被拆除，因為違章建築的關係，怪手毫不留情的高高舉起，就在我們面前把房子拆得什麼也不剩，只留下空蕩蕩的廢墟。

我們的家就這樣消失了，弟弟一直哭一直哭，我什麼也沒辦法做，只能跟他說：「不要哭了。」哭也沒有用，消失就是消失了，無能為力。

無能為力。

我沒有辦法再過妳幻想的人生，再做妳幻想中的那個人。

所以我要消失了，只能消失。

Vicky，我愛妳。

晚安。

Dog（過去已消失）

可樂：愛情真的會無預警的消失嗎？

她看見他了。

什麼伏筆或暗示都沒有，她剛剛結束一場荒謬至極的扮裝派對，在便利店裡買了些東西想充當今天的晚餐，還在想該怎麼料理呢。一邊掏鑰匙一邊上樓，才抬頭就看見他了，彷彿從夢境中走出來輕輕擦過她肩膀，什麼話也沒說。

Vicky 愣了幾秒才反應過來，轉身往下跑：「你要去哪裡？」

他被她一把拉住，轉過來的是一張驚慌失措的臉，彷彿陌生人。

「小姐妳幹嘛？」

「你為什麼要裝作不認識！」顧不得手裡東西接二連三的掉落，她緊緊抓著他不放，便利店的袋子全滾下樓梯，一顆番茄掉出來摔了個稀巴爛。

他望了Vicky一眼，彷彿很疲倦似的嘆口氣，眼神裡有無法忽視的漠然，但仍是禮貌性的停住腳步，彎下腰來幫她撿拾掉落的物品。

「小姐，妳認錯人了。」

「你回來囉，你什麼時候回來的？」

Vicky一動也不動的望著他，他的動作仍是緩慢且溫和的，仔細的一樣一樣將東西撿拾乾淨，裝回袋子裡遞給Vicky，她雙手交叉在胸前沒有要接的意思，只是仍然盯著他看。

「我……認識妳嗎？」

「Dog！」Vicky再也忍受不了：「你明明就是，為什麼一句都不說就走了！」

Vicky轉身上樓，他愣了幾秒也默默跟著往上走，兩種腳步在樓梯間踩成沉默的回聲，Vicky掏出鑰匙開門，黑暗的屋裡隨即被點亮了，兩雙拖鞋還安靜的躺在一旁，純白的牆上滿滿貼著Vicky拍的照片，她轉過來望著他。

「你看！這裡都還跟你離開的那天一模一樣！記得穿拖鞋！」

他看著Vicky忙碌的招呼他進門，輕輕嘆口氣，什麼動作也沒有，只是默默的望著屋裡張貼的相片，彷彿真的是個無意闖入的陌生人，與這間屋子毫無關聯。

Vicky仍然望著他，他為什麼要假裝不認識自己？假裝是個陌生男人？她覺得腦袋像一塊海綿般腫脹起來難以思考，只能這樣一直盯著他，像在確認這個人是誰，也在懷疑到底是不是她認識的那個他。

「對不起，我該走了。」他轉頭避開Vicky的視線，腳步急促而不安，Vicky比他更快趕在前頭，三兩下擋住出口一把將門重重關上。

「原來你頭髮往後梳是這個樣子。」

「妳在說什麼啊？我是問妳，妳到底想怎樣？」

「我不喜歡你嚴肅說話的樣子。」

「好，好！」他終於放棄繼續跟她對話，雙手一攤，轉向身旁的一張工作桌不再說話，手裡隨意撥弄起桌上的物品，Vicky望著他的背影，瘦削但堅實的肩膀，寬闊的鼻樑，稍嫌雜亂的瀏海，心裡有事時容易皺起的眉頭，甚至連手的習慣動作……這些都是她熟悉的Dog，可是卻有什麼不一樣了，像把這個叫作Dog的人挖空，再重新滿滿填進一個新的人進去似的。

Vicky有點恍惚，腳步不穩的走進廚房，試圖想要穩定心神。

「那妳到底想要我怎麼樣？」他重新開口，聲音有些軟化了。

「我想喝咖啡，你要喝嗎？」Vicky避開他的問題，裝出輕快的聲音，手腳俐落的拿出濾紙與器具，開始煮起咖啡來。

「妳平常都是這樣跟人相處的嗎？」

「不可以嗎？」

「對男朋友也是？」

「對誰都是。」

咖啡冒著滾燙的熱氣，在空中飄出熟悉的弧度，Vicky優雅的轉身將兩杯咖啡放上餐桌，兩杯，兩個人，似乎好久沒有這種感覺了，這間屋子裡消失的會重新回來嗎？她略帶期盼的望著他，他卻避掉那視線，冷冷的往餐桌走去。

「我大概知道妳男朋友為什麼會突然消失了。」
「所以你認識Dog？」Vicky眼睛一亮。
「Dog？誰啊？我不認識啊！」
「可是你剛明明就說你認識他。」
「我有這麼說嗎？」他挑挑眉，一臉不以為然。
「不然你怎麼會知道他為什麼消失？」
「我的意思是說……」他猛地抬頭，對上Vicky的目光，呼吸與時間膠著，彷彿有什麼要呼之欲出，但最後還是又回復冷靜，站回旁觀者角度，只有這樣才能讓她明白，自己到底為什麼要離開。
「……你們平常到底都是怎麼溝通的？」
「這很重要嗎？」
「妳都不會想知道為什麼？到底發生什麼了嗎？」
Vicky偏著頭望著他，這就是他……不，是Dog一直想問的嗎？所以才假裝成一個全然陌生的人，這就是他離開她的理由嗎？

難道 Dog 不明白他們的默契嗎？

她一直都是這麼認為的，不用說出口也可以了解彼此，不是嗎？

「如果他想說，就會告訴我。」

「是嗎？」他喝了一口咖啡，褐色的液體溢出杯緣，在餐桌上印出一道痕跡：「妳仔細的想想看，你們最後一次認真的說話是說些什麼？」

「我不記得了……」Vicky 的眼神迷濛起來，她好像有什麼事情忘記了？可是那應該也不重要吧，重要的是，她和 Dog 一直是了解彼此的啊：「以前我們只需要看對方一眼，就知道彼此內心在想什麼，一句話都不用說。我喜歡這樣，好過一邊吃飯，一邊聊一些被工作汙染了的話題。」

他深深嘆了口氣，望著 Vicky：「照妳這樣說，也許真的很有默契，但……妳有沒有想過，也許男人不說話，是因為不知道該說什麼，或是他根本就不想說話。」

「為什麼不想說話？」

「不為什麼啊，就是不想說話。」

「連我也不說？」

「對誰都是。」

Vicky不再說話了，已經無話可說。

他靜靜的望著她，在一起這麼久，他承認是他的隱忍讓她以為一切都很美好，可是都已經走到這一步了，為什麼她還是活在自己的幻想裡？為什麼還不能面對現實，沒有任何的「消失」會是無緣無故的。

Vicky背對著他站在窗戶前，風把她的長髮吹亂了，看不清楚表情，但他不需要看也可以想像，她的唇她的香味她的肌膚她的一切，他都記得清清楚楚，兩個人像這樣站著，好像又回到過去的那些日子。

只是他忽然也懷疑起自己，所記得的到底是不是那個真實的她了。

「就算你真的要離開好了，」Vicky打破沉默再度開口，眼神裡帶著決絕：「那也得說清楚再離開，不能不吭一聲就消失了。」

「說清楚？……妳是指哪方面？」

「當然是愛。」

「愛，愛有什麼好說的，不就愛嗎？」

「是沒錯，但不能不清不楚。」

他深吸一口氣，彷彿終於下定決心，臉上的表情更壓抑了，望著Vicky說：「從我們認識到現在，妳有認真聽我說話嗎？擺在眼前的事實就是，不管我說什麼妳都不在意、不相信，妳只選擇妳想聽的，選擇妳想看的，選擇妳認為是對的，選擇滿足妳自己的幻想……」

而他呢？

他不過是用來滿足她的幻想啊。

窗戶上有一塊沒拭淨的髒汙，他不再說話，轉頭盯著那塊汙漬，如果忽視這件事不管，兩個人應該也是可以繼續生活下去的吧。努力不要爭吵，繼續互相擁抱，道晚安，上班下班，談論天氣或日常瑣事，不要彎下腰仔細的注意那塊髒汙，或者把周圍弄得越來越髒，這樣就誰也看不出問題所在，就可以繼續相愛了吧。

可是，Vicky，他忍不住在心底喃喃自語：這就是妳要的愛情嗎？

如果她無法改變了，那麼如果他換個身分回來，是不是能改變些什麼？

「我只是想用我自己的方式去愛，不可以嗎？應該可以這樣去愛吧？」

Vicky激動起來，睫毛微微顫抖，隨即轉為低泣：「為什麼每段愛情到了最後，都要把問題推給另一個人？」

他愣了幾秒，望著不斷掉淚的Vicky，忍不住想伸手輕輕安撫她，但終究還是停住了，指尖縮在拳頭裡包住，只默默盯著她光滑裸露的皮膚，彷彿感覺到血管輕微跳動的聲音，如同此刻的自己。

或許髒汙不是那麼容易可以擦拭乾淨的。

Vicky低垂著頭不再說話，淚水把睫毛浸濕，輕輕落在裸露的膝蓋上。

「……或許一切並不是我們所想的，愛情本來就不是能夠先寫好劇本的，誰也無法預知接下來會發生什麼。」

Dog 離開之後，Vicky 在沙發上坐了許久許久，久到她都以為經過千年了，天空才慢慢泛起微光，照進屋子裡。今天又是新的一天了，她卻仍然覺得四周暗得可怕，每個地方都好陌生。可是她該去電台了，該為聽眾放一首適合今天的歌，還有好多事情要做，她得準備本日節目還有歌單，時間是公平的，並不會因為誰離開了便就此暫停，按下暫停鍵的永遠都只有自己。

Vicky 稍稍收攏淩亂的長髮，站起來想將桌上的咖啡杯收進水槽裡，低頭卻看見菸灰缸裡躺了根菸蒂，她一向不抽菸，那是 Dog 留下的。菸蒂安靜的躺在菸灰缸底，像隻擱淺的魚。

她伸手撫摸那根菸蒂，熱度早已熄了她卻仍覺得燙，怎麼會這麼燙呢？在手指劃出傷口，看起來好孤單啊，她找出 Dog 留下的那包菸，抽出一根點燃，菸身細長白淨多麼美麗。她不抽菸，連怎麼點都不太會，但仍是點著了，煙霧繚繞冉冉上升，像 Dog 肩上的那股味道，Vicky 深深吸口氣，她最喜歡把頭埋在 Dog 的胸口了，那時她總會聞到這股味道，就放心而任性的把臉埋得再緊一點，是不是因為她把臉埋得太深了，以至於都看不見Dog的表情與心事？

她不知道答案，只是再吸了口氣，把還沒熄的菸擺在菸灰缸上，就在那根菸蒂旁邊，那麼安靜的並排放著，彷彿一種最遙遠的距離。

Vicky：愛情，會換個身分回來嗎？

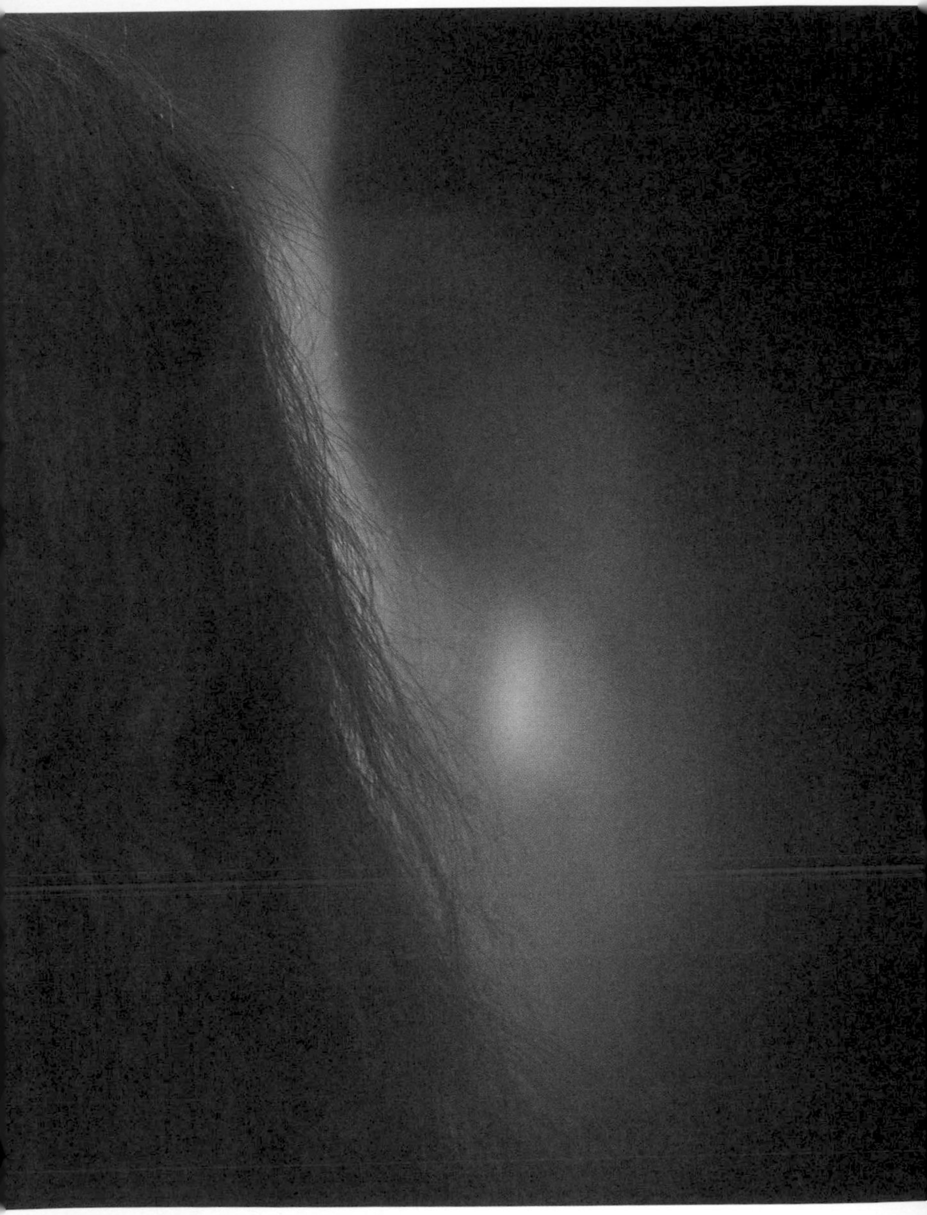

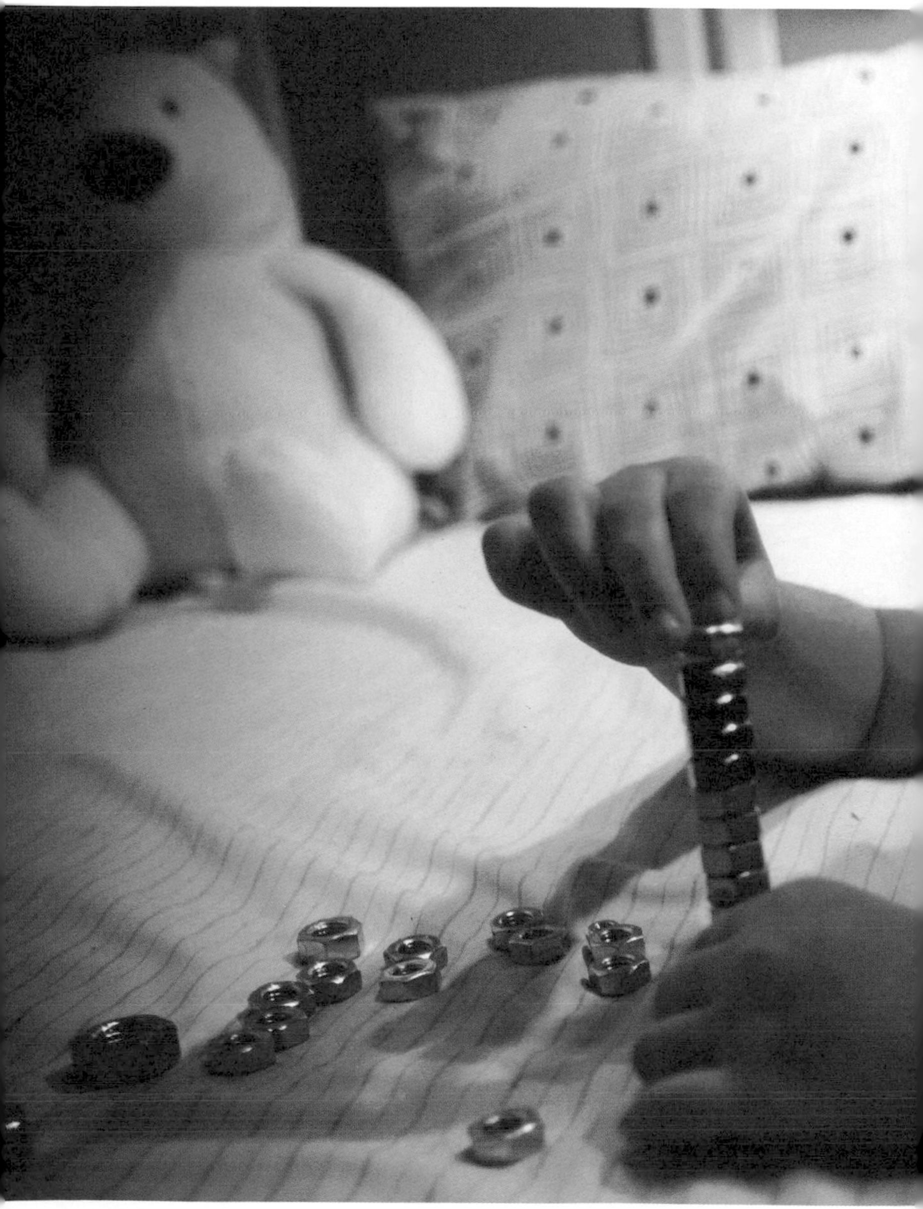

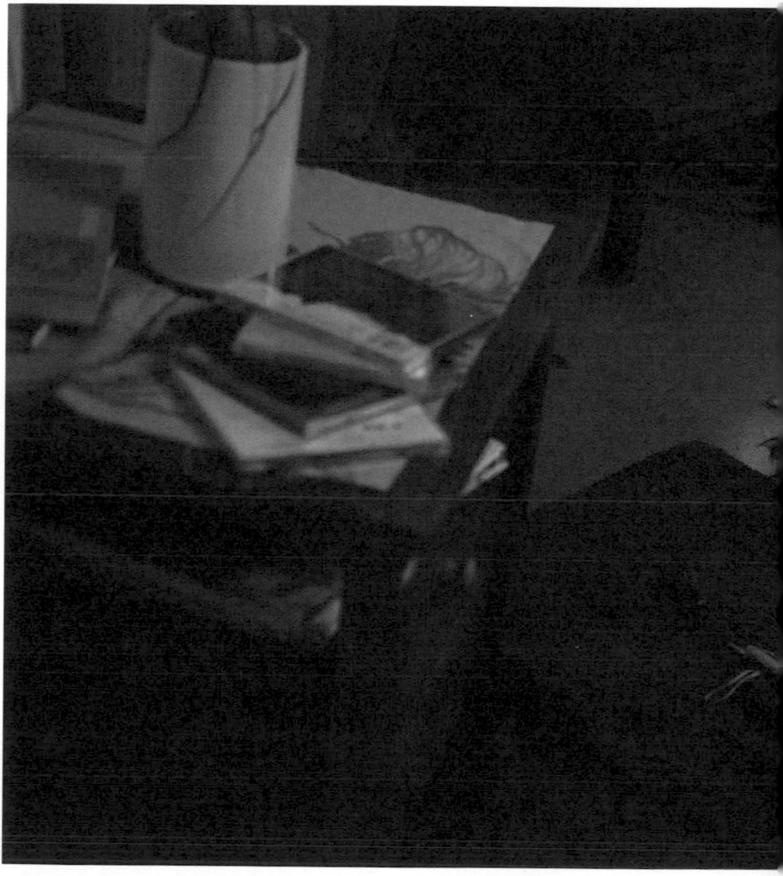

Chapter 6

他們都叫我Playing。

Play，意即「玩」，加ing變成進行式，就是「玩很大」，哈哈哈！

我是玩很大，但那又怎樣？他們都喜歡跟我玩，說我好漂亮好可愛身材又好，最重要的是很敢玩，跟我在一起很開心很快樂，煩惱統統都消失。

我想，消失的不只是煩惱吧，還有他們家裡的那個女人。

有時候我聽見他們偷偷講電話，Sam對著老婆說今天要加班妳先睡吧。麥可哄女友說今天陪兄弟喝酒不回家了，那些連我都可以編出來的藉口，他們最後都對著電話那端說晚安我愛妳啊我真的愛妳，掛上之後回過頭，望著已經準備好要玩一場「遊戲」的我，兩眼發直恨不得立刻撲過來。

他們吻我，擁抱我，有的時候也說愛我，這是當然的，沒有愛怎麼能做愛呢？可是那又怎麼樣，他們最後還是會離開我。

我又不是笨蛋，認真的人就輸了，所以不如在他們離開我之前，我自己先主動離開。好過看著他們偷偷摸摸，看著他們也把那些藉口用在我身上，拜託，我才不稀罕咧！愛情真的好脆弱喔，不管是Sam、麥可、Alex，或是任何一個我連名字都記不得的男人……

管你叫什麼，最後都會消失。

其實我知道，脆弱的不是愛情，而是我。

所以在愛情消失之前，不如我就先讓你們消失吧。最好消失得乾乾淨淨，一點痕跡不留才叫痛快，無所謂，反正我一點也不在意。

什麼事我都不在意。

我是Playing，我很敢玩。但是，不敢愛。

「你不開心啊。」

她輕聲說，聲音嬌弱帶著戲謔意味，望著眼前的刺客，他的手還緊緊扣在她的手上，她沒有任何掙扎就任憑他那樣握著，發生了什麼事嗎？刺客的表情不再是她當初見到的那麼冷漠，臉上散發著怒氣，藏在眉宇間的又像是某種難以察覺的悲傷，Playing感覺到他的手微微發抖，彷彿是為了要壓抑些什麼似的，手的力道更緊了，她的手腕被握到發痛。

可是她一句抗議也沒有說，只是再次重複那個問句：「你不開心啊！」

「誰說的！」刺客終於擠出這句反駁，聽起來一點說服力也沒有。

「其實，不開心就像是一種傳染病，跟感冒一樣！」Playing眼睛轉了轉，露出清甜的笑容：「如果你想讓自己開心，那就將不開心傳染給別人就好，這樣自己就可以痊癒。」

「是這樣的嗎？」刺客望著她。

「你不試試怎麼知道？不過只綁我一個，我會很孤單。」

她其實不知道刺客在氣什麼。

初次見到他時，是在KTV包廂，一場莫名其妙的扮裝趴裡。她在那一群人裡一眼就看見了刺客，是他在網站上約她出來的，此時卻像個沒事人一樣坐在那裡，任憑她被其他人包圍或問問題，好像她與他無關。

一群人團團圍著她問問題，她並不在乎被質問或責罵，怕這些的話還玩什麼！但刺客的態度也太冷淡了，她從來沒被人這麼忽視過，忍不住有些火大，擺脫了閒雜人等，就硬是要坐到他旁邊去鬧他逗他。

現在稍微回想起來，那個時候的刺客是抑鬱的，儘管身邊的人再喧鬧都好像與他無關，Playing一邊唱歌一邊斜眼瞄他，看見刺客的視線直盯著角落裡的女孩，她記得那女孩叫Money，頂著一頭俏麗短髮，看起來很有個性，沒多久Money站起身，一句話也不說，和她身邊的男孩出了包廂就沒再回來過。刺客也沒開口或跟出去，只是依舊坐在沙發上，眼神更陰鬱了。

他一定很在意那個叫 Money 的女孩吧。或許現在的怒氣也是因為和那女孩發生了什麼事，她想，忍不住忌妒起來。不管自己怎麼在他身邊挑逗都沒用，拜託，正常男人看到她老早就撲上來了好嗎！但刺客連看都不看她一眼。就像現在，雖然刺客把自己的手抓得緊緊的，但眼睛裡一點她的影子都沒有。

「跟我來吧。」Playing 反手握住刺客，朝他露出惡作劇的笑容：「你已經把不開心傳染給我了，現在換我告訴你……我不開心的時候都是怎麼做的！」

刺客沒有什麼反應，也不知道該做什麼反應，他看著 Playing 帶他到東區，入夜後的東區巷弄總是熱鬧，穿梭著燈光與人潮。Playing 踩著高跟鞋配上短到誇張的裙子，毫不掩飾的秀出一雙修長美腿，沒幾下就釣到一個開 BMW 的傢伙，一身西裝筆挺人模人樣，刺客看著 Playing 在男子的引領下坐進車裡，也隨即跨上自己的機車跟了上去。

「腳好瘦喔。」

Playing嘻嘻的笑著，開了車窗讓晚風灌進來，脫下高跟鞋將腳縮到座位裡，短裙隨著動作滑動，發出窸窸窣窣的聲音，男子瞄了她一眼。

「要舔一下嗎？真的很瘦喔！」Playing偏頭對上男子的視線，隨即又自得其樂的笑起來：「哈哈哈！開玩笑啦……」

男子乾咳幾聲，轉動方向盤：「我過市民大道喔。」

「嗯，喂……我肚子有點餓了耶！」Playing扁扁嘴，毫不費力的拋出一個魚餌。

「這麼晚了還沒吃啊？」

「我真的好餓喔！你不餓嗎……」

「那……妳有想吃什麼嗎？」

「這個嘛……」Playing用餘光瞄向後照鏡，看見刺客的機車亦步亦趨的跟在後頭，心裡有股莫名的開心，偏了偏頭湊到男子耳旁，聲音柔軟而媚惑，直直勾進男子心裡頭去：「吃……你……囉……」

後來的情節刺客自己也記不太清楚了，他跟著 BMW 到汽車旅館，和 Playing 一起惡整了那個以為有甜頭可吃的男人，看得出來 Playing 已經對這種遊戲駕輕就熟了，刺客不太理解做這種事情到底有什麼意義，但 Playing 的情緒感染了他，他也跟著一起捉弄起男人，彷彿自己也快樂了起來。

至少比那個當下快樂。

刺客再度想起自己在 Money 家門口看見的那個景象，扮裝派對結束後，他獨自蹲坐在 Money 家樓下，等了半天卻看見她和可樂一起走來，兩個人的臉都紅撲撲的，彷彿剛才經過一趟很開心的旅程。

到底是怎麼回事？刺客看見 Money 朝可樂遞出一顆螺絲，再也壓抑不下自己的怒氣，跳下車就往兩人衝過去。

「刺客！」Money 嚇了一跳。

刺客一把推開 Money，朝可樂掄起拳頭作勢開扁，但最後還是在距離臉幾公分的地方停住了。

「……你走。」像是用盡所有力氣般，刺客擠出這句話。

可樂什麼話也沒有辯解，只是看了Money一眼，隨即轉身離開，只剩下刺客和Money兩個人相望，默默無語。

「消失了嗎？」

刺客看著Money，忽然冒出沒頭沒尾的一句話。可是他知道Money一定明白，是她把自己從瀕臨崩潰的邊緣拉回來了，他們之間擁有太多太多無法抹滅的回憶，那些是不會消失的。

「所有東西都有消失的一天。」Money靜靜的望著他。

消失了。

刺客看見眼前的Money開始歪斜，腦子像是快爆炸般隆隆作響，快要倒下去了，整個世界都在不停轉動，他伸出手來緊緊抓住Money的肩膀。

「我還愛妳。」刺客只說得出這句話，從喉嚨裡發出嘶啞的聲音。

「你騙人！」

「我以為妳懂的。」

「懂什麼！你要我懂什麼？我什麼都不懂！」

Money急切的聲音聽來好不真實，消失了，已經無法再維持平衡了，刺客感覺有什麼東西從腦裡斷裂開來，他推開Money，用力摀住耳朵，試圖讓自己平靜下來，暈眩猶如海浪般一波波的拍打著他。

他感覺自己好像又回到那個時候，那個還叫Cat的自己，所有在身邊的事物都消失了，老家、哥哥，現在他連Money也要失去了……

「刺客！」

他快要聽不見Money的聲音了……

「刺客！你在想什麼？」

刺客回過神來，發現是身後的Playing在叫他。這時才發現他們正騎在公路上，黑暗的公路無止境往前延伸，只有他機車的燈光亮著，前方的景色忽隱忽現，彷彿正要進入一場夢境。

「沒什麼……」

他想起來了，離開汽車旅館之後，Playing 就上了他的車。刺客聞到空氣裡腥鹹的氣味，發現自己原來正無意識的往海邊騎去。

「喂，」Playing 輕輕將手臂環繞住刺客，臉頰親密的貼上他的背，刺客感到一股暖意傳來：「我開心了喔，那你呢？」

「嗯……」

只有她在自己身邊了，刺客想起那些傳聞，和 Playing 有過關係的男人都會消失，感覺上只是個可笑的謠言，可是此時他卻希望一切都是真的，前方的路彷彿越來越歪斜，要是 Playing 真的能讓自己消失就好了，刺客反手回握住 Playing 環抱在他腰際的手，好溫暖好柔軟。「讓我消失……」他輕聲說，手裡的力道更重了。

Playing 笑了，嘴唇勾起一個好看的弧度，心裡有什麼東西被觸動了，眼前的這個男孩子如此孤單，簡直就像被遺棄的小動物一樣，渾身濕淋淋的發著抖，好脆弱，簡直就像愛情一樣脆弱。

「你跟他們不一樣……」

就是這個人了，這個人不會傷害她，他和那些男人不一樣。

這個人會留在她身邊。

「就算只有一下下也好……」Playing 緊緊抱住刺客，機車繼續朝黑暗的海岸線奔馳而去，Playing 閉上眼睛，耳裡只聽見刺客均勻的呼吸聲，細小而微弱，彷彿全世界的雨都落在他們身上。

Chapter 7

他們選擇在海邊幫刺客送行。

Dog，那天的天氣很好，空氣清新而乾淨，真是一個適合出遊的好日子，我相信其他人也是這麼想的，即使我們身上都穿著不相襯的黑色，那麼濃重的色彩時不時提醒著我們，今天原本該是個什麼日子。誰也沒有再多說一句話的站著，只是這樣默默望著海水前進又後退。

聽說，刺客是因為車速過快，在轉彎的時候失控撞上護欄，才會死亡的。可是現場沒有煞車的痕跡，Money 說：「他可能想要更快一些吧。」她的鼻頭泛紅，眼睛發腫，這句話裡隱含了太多的意思，我彷彿看見刺客直直往水平線衝去的模樣，究竟是刻意的，還是單純想要飛翔？答案如今好像都不太重要了。

可樂一直沒有說話，只是坐在沙灘上動也不動，連平日的素描簿也不拿出來了，我不知道他們之間發生了什麼事，但他和 Money 一定會像我想念你一樣，不斷想念著刺客吧。

Dog，是不是每次都要等一個人消失之後，才會覺得這個人曾經存在過呢？

那個叫 Playing 的金髮女孩是最後見過刺客的人，你還記得嗎？就是老在網站上張貼男人照片的 Playing。她今天沒有哭，頂著一張素臉默默的在旁邊幫忙，我差點認不出她來了，其實真實的面貌也是很好看的，但這個道理我們往往很晚才明白。

可樂在沙灘坐了很久，久到我們都已經把事情處理完畢了，他還是坐在那裡什麼也不說，但沒有誰主動去打擾他，只是那樣看著。

直到夜色低垂，可樂才終於起身，轉頭眼神清亮的望著我們，開口說：

「我們去找那些消失的東西吧！」

所以，Dog，我要出發了。

不知道那個地方到底在哪裡，但我要跟他們一起去，去一個會有很多很多蜜蜂的地方，在那裡不管什麼東西，永遠不會消失。

可樂說，刺客只是先到那裡去等我們而已。

那你呢？

Dog，你會在那裡等我嗎？

這一次，我們是不是真的可以重新開始？

Vicky（消失蜜蜂的家）

彷彿踏進了另一個世界，可樂有點不太相信自己的眼睛，周遭的一切都沒什麼不同，那些踩過草地的細碎聲響，樹葉透過光灑落出來的顏色，可樂做了個深呼吸，空氣聞起來也沒什麼不同，但是有什麼不一樣了，就像是走入一場夢境般，所有的一切都籠罩著不存在的霧氣。

難道這是Poki和Taffy的夢境嗎？

那他現在正在做什麼呢？前方的森林不管繞過多少個彎看起來都一樣，可樂只能努力走在小徑上不讓自己迷路，但迷路的話會走到哪裡去呢？「就回不了家了……」可樂揉揉眼睛，如果迷路的話就會消失嗎？可是，他不就是一直在找尋那些消失的東西嗎？

他到底在找什麼呢？彷彿聽見前方有細碎的交談聲，那是他再熟悉不過的聲音了，可樂急忙往前走去，帶著一種焦慮的渴望，草地被他用力踩出印子。

可樂終於想起來自己為什麼在這裡了。

他是鬼。

他要去找到那個人。

「好！就是這裡，可樂先當鬼。」Taffy彷彿遊戲主持人，氣定神閒的向眾人下達指令，所有人在森林中間圍成一圈，Money和Playing一臉狐疑，都不太明白Poki和Taffy究竟要做什麼？

「我先當鬼？」可樂莫名其妙的被Poki拉到中間。

「對啊，然後數到二十！」Taffy認真的點點頭，她的雙眼彷彿有超能力似的轉啊轉，藏著某種不可思議的力量，朝所有人掃視了一圈：「你們要趕快找到地方躲好喔，數完以後鬼就會去抓你們！」

「這是什麼遊戲？好像又回到小的時候喔！」Playing說。

「所以，被發現的就要趕快跑回來碰它一下，最後一個要當鬼。」可樂接著說，望向Taffy：「是不是這樣？」

「不管啦！」Taffy 嘟起嘴巴，大有神祕感被拆穿的無奈：「總之要記得碰喔！不然就會跟蜜蜂一樣回不了家喔！」

「回不了家會怎麼樣？」一直站在旁邊的 Vicky 默默發問。

「可能就會像那些消失的東西一樣，永遠留在這裡面了吧。」Taffy 轉轉眼睛，游移了幾下又回復正常：「好啦，要開始數囉！一、二、三……」

「四。」

Vicky 不太記得自己是在數到幾時，才邁開腳步移動的。

她想起自己離開錄音室前，無意中翻出的一張 CD，是披頭四的專輯，和節目內容毫無關係，但她還是播了其中一首歌，輕輕閉上眼睛。如果說，有些東西不會消失，是不是就像這樣？披頭四已經沒了，可是他們還在這「裡面」，就在這薄薄一片 CD 裡面，就算有一天連 CD 也消失了，可是只要音樂還在……

他們就不會消失。

還是有些東西真的不會消失的。

Vicky 張大眼睛，驚訝的望著前方不遠處的幾隻蜜蜂，那些迷路了的蜜蜂，那些消失的蜜蜂就在眼前。Vicky 不再害怕了，邁開腳步往前走去，她隱約聽到海浪的聲音，原來這裡和海邊如此接近嗎？

她發現自己已經走出森林，周圍的一切看起來陌生又熟悉，蜜蜂依然飛在不遠處，她繼續往前走，踏下的腳印深深陷在泥土裡，開出花來。

Dog 就坐在那裡。

她拿不定該說些什麼，Dog 卻先轉過頭來了，不是那個在樓梯間假裝不認識的他，現在的他冷靜而溫柔，像從記憶裡走出來那樣，無可抵擋。

「原來你在這裡……」Vicky 努力忍住衝過去擁抱他的情緒。

「妳聽，海的聲音。」Dog 朝她露出一個淺淺的笑容，還是那麼好看，就像什麼事情都不曾發生過那樣微笑著：「真的很迷人……」

如果可以的話，她多想也那樣溫柔的回話啊。Vicky 的眼淚大滴大滴的自臉頰滑落，她多想自然的坐到 Dog 身旁，談談她節目裡放的音樂，最近拍下的照片，還有她認識的一群朋友，就像以前那樣無話不談，彷彿一切都很美好……

但是，不行。

她不能再假裝什麼都不知道了。

「你知道的，Dog，我一直在等你。」Vicky 輕輕說：「你不會回來了嗎？」

「到哪裡，才算回來？」Dog 沒有什麼情緒的望著她。

「我說的是，回來，回到我身邊。」Vicky 終於忍耐不住，淚水如泉般湧落：「難道回憶對你而言，一點都不重要嗎？你可以拋開一切的躲到另一個世界，可是我呢，我卻像發了瘋似的找你……」

Dog 站了起來，走近已經哭得全身顫抖的 Vicky，伸出手溫柔的擁住她，彷彿雪融般的一個擁抱，緊緊的堅決的，將她溢出眼眶的淚水拭去，如吻般包覆住她全身，指尖泛起高溫。

這一定是夢境吧，Vicky 想著，輕輕的閉上眼睛。

「如果我告訴妳，我還愛著妳……」

可是Vicky已經聽不見Dog的任何一句話了，她的手臂緊緊纏繞在Dog的肩頭，就那樣沉沉睡著了，睫毛還黏著淺淺的淚珠，像是積累了太多的悲傷與心痛般沉重的睡去，然而她心底模模糊糊的想著：是了，等回到家裡，一定要把Dog的東西全部丟掉，或者至少收起來吧。這個念頭堅決的在她心底生根發芽，如果不這樣做的話，新的Dog如果回來，會沒有地方生活呢。

躺在Dog的臂彎裡，她再次墜入夢境，蜜蜂從身邊緩慢飛過，像是再度回到了那個一月一日的病房。

但這次Dog沒有消失，安眠藥的瓶子從手裡滾落，在地板上緩緩滑動，群眾歡呼的尖叫淹沒了救護車急促的響聲。病房裡卻仍是安靜的，像外面的喧鬧與這裡全然無關，也與床上的Vicky無關，Dog低垂著睫毛不發一語，坐在病床旁邊等著她醒來，窗外的煙火爆炸得好燦爛，明天應該會是個好天氣吧？Dog想著，伸手拉上了窗簾。

「十。」

直到現在，Money 還是不敢相信刺客已經走了。

他真的消失了，從她身邊消失。

是因為那天嗎？那天她帶著可樂去達達的老家，因為雜貨店已經被拆除了，可是她實在好想再見達達一面啊，於是她找了可樂和她一起去，要是刺客也能來就好了，達達家的那片田野實在太過漂亮，即使可樂已經努力畫下來了，卻還是無法把風景全收進去，一定要親眼看看才是真的，不然一切都會消失的。

可是，可是怎麼會變成這樣呢？

她知道刺客一定生氣了，不然他也不會對可樂那麼兇。但他不也是跟那個叫 Playing 的女孩玩在一起嗎？Money 承認自己的確是有點想藉可樂氣他，可是她沒有要離開他的意思，真的沒有……

Money 抹抹眼睛，重新把肩上的耳機掛回耳朵上，就算這裡有蜜蜂好了，她又能找回什麼東西呢？找回刺客嗎？她不想了解 Playing 後來跟刺客究竟發生了什麼事，她只知道自己傷害了刺客，她明明知道他是那麼的脆弱，她明明知道的……

刺客真的讓水平線消失了。

這就是他希望的嗎？

森林好像快要到底了，Money 無意識的繼續往前走，讓耳機裡的音樂充斥整個腦袋，再繞一圈等待遊戲結束吧。她正準備繞過前方當作標的的樹木，卻看見前方隱約立著一棟熟悉的建築物，她睜大了眼睛。

那是達達的雜貨店。

「怎麼可能……」雜貨店不是已經消失了嗎？Money 加快腳步往前走，雜貨店半掩著門，什麼也看不清楚，她在周圍猶豫的觀望了一下，忽然看見刺客的背影。

有好幾秒的時間，Money 以為自己看錯了，她並沒有忘記刺客的樣子，可是他怎麼會在這裡呢？

她忽然想起可樂說過的話：「Poki 和 Taffy 好像有超能力耶。」

是嗎？所以是超能力把刺客帶來這裡的，還是超能力讓她到達這裡？

沒等她反應過來，刺客先回頭了，瞇著眼睛輕快的向 Money 揮揮手，她立刻衝上前去，沒有任何停頓的緊緊抱住了刺客。

「嘿，Money。」刺客說。

「刺客！」

「看見蜜蜂了嗎？」

Money 把頭埋在刺客胸前，點點頭。

「他們又回來了，妳記得嗎？我們剛開始在一起時，妳老是愛問我，為什麼一直在找那些消失的東西……」

「你說，要把他們從消失的世界救回來。」

刺客露出放心的表情，點了點頭。

「那你呢？你要回來嗎？」

Money急切的抓住他的衣領，刺客深深的望著她，伸手輕觸她的臉頰不忍放開，卻還是目光堅定的搖了搖頭。

「為什麼……」

「消失是無法抵擋的。」

刺客平靜的望著Money，向兩旁伸出雙手，他已經不再歪斜或是搖晃了，Money看著他溫柔的笑臉，忍不住又想哭了。是啊，她知道，不可能回來了。這裡才是刺客該待的地方，他不是消失，而是存在，存在於這個他該待的地方，可是她就是捨不得啊！

「刺客！」

刺客和Money抬起頭來，隨著樹枝被踩裂的劈啪聲，氣喘吁吁的可樂出現在他們眼前，頭髮亂了，臉頰也被刮傷好幾道，鞋子上沾著泥土，看起來像是費盡千辛萬苦才來到這裡的。

「可樂……」Money望著他。

可樂喘了一口氣，快步往他們走來，他沒有把Money從刺客旁邊拉開，也沒有多說些什麼話，只是伸長了手，一把抓住刺客的手腕。

「刺客，」可樂彷彿用盡所有力氣般吐出那句話：「我、抓到你了。」

全部都是他不好。

是他還抱著希望去接近Money，是他偷偷的希望要是Money能愛他就好了，就算他再怎麼把她畫進素描本裡，她還是站在刺客身邊，他和他們本來就只是網站上認識的朋友，有一天Money就會從他的世界裡消失……

所以要是刺客消失就好了。

他曾經這樣想像著，他只能這樣偷偷的想像，卻沒有勇氣告訴Money：「我喜歡妳！」或是當刺客朝他舉起拳頭時，正面迎擊痛快的幹一架，他全都不敢，只是這樣默默站在旁邊，偷偷期待刺客消失，「要是有一天能消失就好了。」

他沒有想到真的發生了。

消失的人不應該是刺客的啊。

而是……

「二十。」

忽然一陣風吹過，遠處傳來嗡嗡的細小聲響，三個人全都不自覺的抬起頭來，驚訝的發現一群蜜蜂正飛過他們的上方，那麼自然而愉快。

彷彿此刻不過是個稀鬆平常的星期天。

就像他們三個人初次相遇的那個日子，天氣非常美好，陽光亮燦燦的灑下來，草地綠得令人眼睛發痛，彷彿像是被水洗過一遍似的，還閃著露珠。而他們三個人依然站在那裡，互相望著對方露出稚氣的笑容，彷彿一切都沒有消失。

彷彿一切重新開始。

這個世界尚未消失　神小風

對我而言，寫作《消失打看》小說的過程，是個非常特別的經驗。無論是可樂、刺客或者Money以及其他，他們對我來說都是陌生的孩子。是的，我必須承認，我所知道的並不比觀影的各位多，他們喜歡什麼，在乎什麼，受過什麼委屈，我都不知道。像是陌生人那樣一遍又一遍的去接近他們，反覆思考為什麼做這些動作，為了什麼冒險或尋找，想像他們害羞或哭泣的模樣，然後書寫。

然而誰不是這樣的呢？在談話與互動間慢慢去了解彼此，於是連續好幾天可樂鑽進我的夢裡來，對我說他希望所有的東西就算消失了也能留在紙上，「要是愛情也能這樣就好了。」戴著大耳機流淚的Money、內心脆弱歪斜的刺客，還有堅持找尋愛人的Vicky，身上有股偏執到近乎歇斯底里的任性，但是我好喜歡，愛一個人不是就應該這樣嗎？消失是為了重新開始的Dog，以及看似放蕩，不敢愛卻敢玩的Playing，她只是嘴硬，只是害怕認真就輸了，愛就會消失。那是我所認識的他們，而我相信，你所認識的他們一定和我的不一樣。包括故事的結尾，我如此天真的相信，躲貓貓倒數之後，他們可以擁有坦白一切的勇氣，不再後悔或逃避，如此這般，奇幻樂園的旅程才有意義。

《消失打看》是一個關於消失，和即將消失的故事。然而無論結果是惋惜還是皆大歡喜，他們都試圖做了某些努力去挽救消失的那些，於是他們終將明白，奇幻樂園並不是盡頭，重要的是該如何跨越那一大片美得刺眼的草原，充滿霧氣的森林，明白愛與傷害如何接踵而來，以及任何事物終究有消失的一天。在沒嘗試過以前我們都很天真，就像永遠學不會放棄、告別或死亡這些事情一樣，但他們還是得學，在這個世界尚未消失之前，那是他們，也是我們永遠的課題。

謝謝陳宏一導演、富靖與紅色製作，另外特別一提的是，有興趣的讀者可以上《消失打看》的網站上瀏覽，上面收集了大量關於「消失」這個課題的資訊：在這個世界上，消失的永遠不只是愛情、友誼或夢想，還包括了一座熱帶雨林、野生老虎，陌生語言以及蜜蜂的家，我們或許無法去做些什麼行動以挽救消失，但觀看或許也是一種方式，至少，讓那些事物停留得久一點，別消失得那麼快。

祝福這部電影，包括已經消失、正在消失與未曾消失的那些。

其實消失是可以被留下的

導演　陳宏一

一開始的片名是《蜜蜂消失了》
接著變成《螺絲起子》
後來改成《消失打看》
想想又換成《蜂蜜便便》
再換回《消失打看》
輾轉更易終於落定

整個電影書寫過程
劇本三次大幅度修改
電影長度從 180 分鐘修剪成 100 分鐘版本
因為拍攝其間做了許許多多的夢……

人、事、物出現消失消失出現消失
神小風以電影粗剪版本開始書寫這部小說
因著小說我得以窺見他者眼中我的電影角色們的世界
我試著以另一種觀點重新認識他們

他們仍是電影中的那些角色
抑或電影演員闖入小說
在不同媒材的相同演出？

電影、小說各自搬演各有風景
一步一驚奇
隨時在改變隨時在更新
對這電影與小說相關的所有思考看似有些具體化了有些隱佚不見了

其實消失是可以被留下的
消失。完成
消失。消失了

演員感言

曾珮瑜（Peggy）

飾演 Vicky 這個角色就好像遊走在一個無形的迷宮裡，錯綜複雜，虛無飄渺，假假真真，有時候我以為我找到了出口，卻只是另一個迷宮的開始；就在我以為我迷路的時候，卻看見了柳暗花明。

記得，把邏輯丟掉，這是一場沒有規則的遊戲！

林辰唏

消失是扭曲曾經存在的軌跡？還是將曾經渲染成幻影？

謝欣穎

在一個什麼都漸漸消失的年代，希望像playing這樣不畏懼的女孩，不會消失。

邱勝翊（王子）

可樂是個外表傻傻，骨子裡很有想法的一個人物，在戲裡遇見了喜歡的人，才慢慢的展現自己的個性，是一個值得慢慢品嘗的角色。

林柏昇（Kid）

詮釋完刺客讓我愛上刺客，原因在於我整個人完全進入了刺客！

百潔

拍片過程雖然很辛苦，常常都得在半夜就要起床，但是電影拍完之後，心情覺得非常高興，我也非常期待電影趕快上映。

丹俐

我自己的感覺和姊姊都差不多，在這電影中我本來是不太需要說話的，因為我是演很酷的小孩（哈哈）。後來導演叔叔終於讓我說了不少話，這和現實的我很相像。我很喜歡拍電影時一起合作的大哥哥、大姐姐們。

【新書簽書會】

消失打看

・出席：

陳宏一（《消失打看》導演）
王　子（《消失打看》演員／棒棒堂男孩）
林辰唏（《消失打看》演員）

・時間：

2011年 04月17日（星期日）下午3點～4點

・地點：

誠品書店西門店／生活風格書區
（台北市峨嵋街54號，電話：02-2388-6588）

・洽詢電話：

02-2749-4988（免費入場，額滿為止）

國家圖書館預行編目資料

消失打看／神小風著，--初版.--臺北市： 寶瓶文化，2011.03
面； 公分.--(Island；140)
ISBN 978-986-6249-43-3（平裝）

857.7　　100003474

Island 140

消失打看

作者／神小風
攝影／林盟山

發行人／張寶琴
社長兼總編輯／朱亞君
主編／張純玲・簡伊玲
編輯／禹鐘月
美術主編／林慧雯
校對／禹鐘月・陳佩伶・張秀雲
企劃副理／蘇靜玲
業務經理／盧金城
財務主任／歐素琪　業務助理／林裕翔
出版者／寶瓶文化事業有限公司
地址／台北市110信義區基隆路一段180號8樓
電話／(02) 27494988　傳真／(02) 27495072
郵政劃撥／19446403　寶瓶文化事業有限公司
印刷廠／世和印製企業有限公司
總經銷／大和書報圖書股份有限公司　電話／(02) 89902588
地址／台北縣五股工業區五工五路2號　傳真／(02) 22997900
E-mail／aquarius@udngroup.com

法律顧問／理律法律事務所陳長文律師、蔣大中律師
如有破損或裝訂錯誤，請寄回本公司更換
著作完成日期／二〇一〇年八月五日
初版一刷日期／二〇一一年三月三十日
初版三刷日期／二〇一一年四月八日

ISBN／978-986-6249-43-3
定價／二四〇元

AQUARIUS 寶瓶文化事業

愛書人卡

感謝您熱心的為我們填寫，
對您的意見，我們會認真的加以參考，
希望寶瓶文化推出的每一本書，都能得到您的肯定與永遠的支持。

系列：Island140　　**書名：消失打看**

1. 姓名：＿＿＿＿＿＿＿＿　性別：□男　□女
2. 生日：＿＿年＿＿月＿＿日
3. 教育程度：□大學以上　□大學　□專科　□高中、高職　□高中職以下
4. 職業：＿＿＿＿＿＿＿
5. 聯絡地址：＿＿＿＿＿＿＿＿＿＿＿＿＿＿＿＿＿＿＿＿

   聯絡電話：＿＿＿＿＿＿＿＿　手機：＿＿＿＿＿＿＿＿
6. E-mail信箱：＿＿＿＿＿＿＿＿＿＿＿＿＿＿＿

   □同意　□不同意　免費獲得寶瓶文化叢書訊息
7. 購買日期：＿＿ 年 ＿＿ 月 ＿＿日
8. 您得知本書的管道：□報紙／雜誌　□電視／電台　□親友介紹　□逛書店　□網路　□傳單／海報　□廣告　□其他
9. 您在哪裡買到本書：□書店，店名＿＿＿＿＿＿　□劃撥　□現場活動　□贈書　□網路購書，網站名稱：＿＿＿＿＿＿　□其他＿＿＿＿＿＿
10. 對本書的建議：（請填代號　1. 滿意　2. 尚可　3. 再改進，請提供意見）

    內容：＿＿＿＿＿＿＿＿＿＿＿＿

    封面：＿＿＿＿＿＿＿＿＿＿＿＿

    編排：＿＿＿＿＿＿＿＿＿＿＿＿

    其他：＿＿＿＿＿＿＿＿＿＿＿＿

    綜合意見：＿＿＿＿＿＿＿＿＿＿＿＿＿＿＿＿＿＿＿＿＿＿＿＿
11. 希望我們未來出版哪一類的書籍：＿＿＿＿＿＿＿＿＿＿＿＿＿＿＿

讓文字與書寫的聲音大鳴大放

寶瓶文化事業有限公司

（請沿此虛線剪下）

廣 告 回 函
北區郵政管理局登記
證北台字15345號
免貼郵票

寶瓶文化事業有限公司　收

110台北市信義區基隆路一段180號8樓
8F,180 KEELUNG RD.,SEC.1,
TAIPEI.(110)TAIWAN R.O.C.

（請沿虛線對折後寄回，謝謝）